Ratten im Halbmondlicht

Janka Schröder

Ratten im Halbmondlicht

Erzählungen

Bibliografische Information der Deutschen Nationalbibliothek
Die Deutsche Nationalbibliothek verzeichnet diese Publikation
in der Deutschen Nationalbibliografie; detaillierte bibliografische
Daten sind im Internet über http://dnb.d-nb.de abrufbar.

© 2013 Janka Katharina Schröder
Umschlagdesign, Satz, Herstellung und Verlag:
BoD – Books on Demand

ISBN 978-3-8448-9357-1

Inhaltsverzeichnis

Die „Meine-nächste-Zigarette-ist-das-Einzige-was-mich-aufrecht-hält-Depression"

Wie die souveräne Frau die MnZidEwmahD überwindet – sicher ein Thema, das sie interessiert, die Frauenwelt. Also holt man den Rat von Menschen ein, die einem nahestehen, denen man Weitsicht und Menschenkenntnis und psychoanalytisches Denkvermögen zugesteht und baut dann ganz pragmatisch einen sehr vernünftigen, weil profund recherchierten Standpunkt.

Nein, nicht ganz. Ich jedenfalls drehe mich im Kreis, gehe immer und immer wieder jeden Aspekt der Geschichte durch, jede „short message", jede Mail, jedes Telefonat, jedes Gespräch mit ihm, über ihn, jedes Lächeln VON ihm, jede Geste, jedes Zögern, einfach alles, was vom ersten Moment an, in dem ich ihn sah, passiert ist und auch nur im Entferntesten mit ihm zu tun hat. Ach so, hatte ich erwähnt: Die MnZidEwmahD hat auch im Zeitalter von unabhängigen und selbstbewussten Singlefrauen, in denen sich Frauen alles nehmen, was sie wollen, meist mit Männern zu tun. Denn eines hat sich nicht geändert und wird sich nie ändern: Wenn wir uns verlieben, dreht sich unser ganzes toll selbstbestimmtes Leben ja doch nur um ihn und eine vermeintlich profane, aber doch irgendwie alles entscheidende Frage, wie: Warum meldet er sich nicht? Oder nur, wenn ich mich zuerst melde, vielleicht also nur, um nicht unhöflich zu sein. Und immer dieser unverbindliche Ton. Und ich kann nicht glauben, dass ich nach diesem Akt Mal um Mal wieder zu der gleichen deprimierenden Erkenntnis komme: Ich habe nicht die geringste Ahnung, warum er sich so verhält, wie er sich verhält. Warum er nach diesem einfach alles in den Schatten stellende Date nicht wie ich sehnsüchtig auf das nächste Treffen hofft. Ich für meinen Teil tue das nämlich und das übrigens rund um die Uhr.

Ich strapaziere meine Freundschaften aufs Dramatischste, indem ich mein Repertoire an Gesprächsthemen erbärmlich reduziere und mich grausam oft wiederhole. Was denkst denn du, sei ruhig ehrlich. Habe ich irgendwas übersehen, habe ich mir das alles nur eingebildet? Meinst du, ich kann das Ruder noch herumreißen? Ich bin doch eine großartige Frau, da kann er doch froh sein, dass ich auch nur in Erwägung ziehe, mich für ihn zu interessieren, oder? Nun sag doch auch mal was, Herrgott, ich bin so schrecklich unglücklich, was soll ich nur tun? Das hätte ich nicht fragen dürfen, denn jetzt kommt er, der von mir am meisten verhasste und in höchstem Maße befürchtete Ratschlag, vermeintlich gut gemeint und doch so abgrundtief deprimierend, dass man am liebsten sofort von der Brücke springen möchte: „Hak ihn ab!" Ach so, klar, warum bin ich nicht selbst darauf gekommen? Ich hake ihn einfach ab, den Menschen, der zum Mittelpunkt meines Lebens geworden ist, der meine Stimmungen und Launen und Tagesform bestimmt und in der Lage ist, durch eine Nachricht oder einen Anruf den Tag zum schönsten aller Zeiten zu krönen. Der mich verzaubert hat, von der allerersten Sekunde an, der meine Gedanken- und Gefühlswelt vollständig in Beschlag nimmt, mir Schlaf und Appetit raubt, wenn er sich meldet oder eben nicht meldet. Genau, an diesen Menschen mache ich einen Haken. Werde das gleich als Termin im Outlook verankern. Haken an Liebe machen. Leute einladen? Ja, mich, und am besten ihn auch noch, muss er doch wissen, wenn er abgehakt wird. Unterschreiben lassen, Kostenstelle, der

Aufwand war immens viel höher als erwartet, Seele bankrott, Herz reparaturbedürftig, da muss ein neues Konzept her, vielleicht kann man das in einem Meeting klären? Brainstormen bitte.

Es ist sicher nicht böse gemeint, und Zeit heilt Wunden und er hat mich eh nicht verdient, wenn er sich nicht bemüht, und Floskel hier, Kalenderspruch da, super, danke, da kann ich mir auch einen Glückskeks kaufen, wenn ich mir solche abgedroschenen Lebensweisheiten reinziehen will.

Es geht hier nicht um eine verdammte Nummer, eine austauschbare Ware, die ich reklamieren kann, weil sie nicht passt oder Mängel hat. Da ist es ja, sie passt. Irgendwie. Zumindest will ich das. Er weiß es nur nicht, noch schlimmer, er will es auch möglicherweise gar nicht. Vielleicht sag ich es ihm einfach. Zeige ihm, was er für mich ist und sein könnte. Dann ist es halt unvernünftig, was soll das sein, Vernunft, ich hasse dieses Wort, bringt doch nichts, bringt doch keinem was.

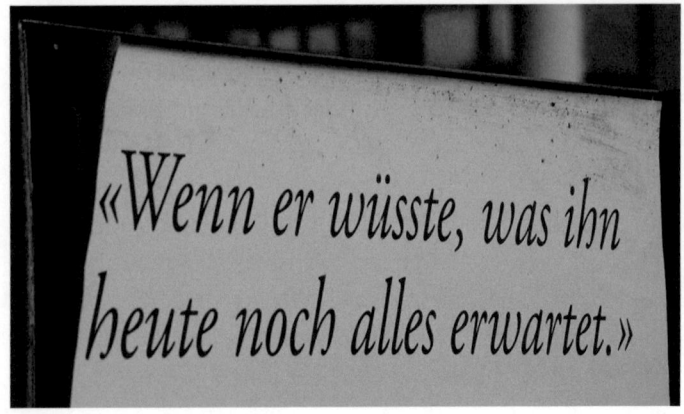

«Wenn er wüsste, was ihn heute noch alles erwartet.»

„Vielleicht sag ich es ihm einfach. Zeige ihm, was er für mich ist und sein könnte. Dann ist es halt unvernünftig, was soll das sein, Vernunft, …"

Dreimonatskaffee After Love

Date mit dem Ex, der Ex-Stadt, dem Ex-Leben. Und das Leben, das mich nun doch von hier weggeführt hat, fühlt sich jetzt ständig so lau, grau, trist an. Auf Halbmast, Gefühle auf Halbmast.

Das wird mir immer dann so schmerzlich bewusst, wenn ich hier ankomme. Ich bin noch früh dran, denke, eigentlich darf es jetzt doch ruhig richtig wehtun, fahre also in meinen alten Stadtteil, parke auf meinem alten Parkplatz, neben meiner alten Wohnung. Noch eine Stunde, ich entscheide mich, zu Fuß zu gehen, den schönsten aller Wege zu gehen, einstimmen, intensivieren, noch mehr, warum nicht. Also laufe ich an der Alster entlang. Die Alster, die Statue mit den Stufen zur Wasserseite, auf denen man den besten Blick der Welt auf die Innenstadt hat, auf denen wir oft gesessen und gekifft haben. Die Wiese, auf der wir im Sommer immer gegrillt haben und die wir unseren Garten genannt haben, weil unsere Altbauwohnung nur einen Steinwurf entfernt war. Wir haben aufs Wasser geschaut, die Hamburger Silhouette, St. Michaelis, wir haben gelacht, Wein getrunken, uns geliebt, uns versprochen, dieses Glück nie loszulassen, niemals, nie zu riskieren. Nun gehen Lieben vorbei, es sind Geschichten, dies war meine Lieblingsgeschichte. Die Trennung war der Tod, vorerst, Trennungen sollten das sein, jedes Zerreißen wehtun, zermürben, herunterziehen. Das hier ist anders. Ich habe das Set verlassen. Jemand anders spielt möglicherweise die Hauptrolle in meinem Film besser als ich selbst. So eine Scheiße.

2 Stunden und 20 Minuten später. Hamburg Hauptbahnhof, Menschen begrüßen sich, verabschieden sich, trennen sich. Jeder Abschied könnte der letzte sein, unser sollte der letzte sein.

Seine lederne Aktentasche baumelt in seiner linken Hand. Der Kragen seines schwarzen Wollmantels ist hochgeschlagen, denn sein Nacken ist dank regelmäßig nachgeschnittener Kurzhaarfrisur, die er ob seines Alters für angemessen hält, vor der viel zu frostigen Märzbrise Hamburgs zu schützen. Wie er so dasteht, mir gegenüber. Uns scheinen Welten zu trennen. Hatte ich bewusst oder unbewusst den heutigen Morgen gewählt, um meine Haare rot zu färben? Keiner der Menschen, die an diesem Dienstagabend in der Wandelhalle am Hauptbahnhof Zeit und Raum mit uns teilen, würden uns für ein Paar halten, denke ich.

„So ist das wirklich nicht, nein", beantwortet er meine Frage und lächelt mild. Ich wusste bis zu diesem Zeitpunkt nie, was ein mildes Lächeln ist, jetzt, nach diesem eigenartigen, trockenen, eleganten Zusammentreffen mit ihm, weiß ich es. „Das ist doch keine Verpflichtung. Wir können uns gerne alle zwei bis drei Monate auf einen Kaffee treffen, ich möchte doch auch wissen, wie es dir so ergeht." Alle zwei bis drei Monate. Auf einen Kaffee. Nachmittags. In einem Café in der Stadt. Abgesteckt, und zwar zeitlich, räumlich, emotional. Das ist angemessen. Das ist der Rest, das, was von all dem übrig bleibt. Jahrelang hat man sich geliebt, vermisst, gestritten, versöhnt, vertraut, unterstützt, umarmt und geküsst. Stundenlange, nächtelange Gespräche, bei Nacht, manchmal ohne Worte verstanden, nicht verstanden, gekämpft, um sich wieder zu verstehen, zu vertrauen, Tage, Nächte, Urlaube,

Träume geteilt, zusammen leben, zusammen sterben wollen. Was danach bleibt, ist ein Kaffee. Ein gemeinsamer Kaffee, immerhin, im selben Café, am selben Tisch, einander gegenüber. Ein oder zwei Stunden höchstens. Kaffee wird kalt, der zweite schmeckt schon nicht mehr so gut. Was hast du gemacht? Und wie geht es ihr? Euch? Will ich gar nicht wissen. Muss ich aber fragen. Toll, sie kaufen sich demnächst einen Trockner. Immer in diesem verschimmelten Wäschekeller abends Wäsche aufhängen, das nervt sie. Aber das kennst du ja. Ja, das kenne ich. Das mochte ich auch nie.

Und du? Gehst du wieder auf das Festival? Ja, natürlich. Sag es doch, sag doch, dass du denkst, dass ich mich wohl nie ändern werde. Aber jetzt muss es dich ja nicht mehr stören. Jetzt kannst du es als Unterhaltung sehen. Entertained by the ex. Die lustige Hippie-Ex. Die nicht versteht, was angemessen ist. Doch, verstehe ich. Ein Kaffee. Alle drei Monate. Freu mich auf das nächste Mal. Grüß schön.

„Wir haben aufs Wasser geschaut, die Hamburger Silhouette, St. Michaelis, wir haben gelacht, Wein getrunken, uns geliebt, uns versprochen, dieses Glück nie loszulassen, niemals, nie zu riskieren. Nun gehen Lieben vorbei, es sind Geschichten, dies war meine Lieblingsgeschichte."

Im Haus 73 wird das Spießertum enttarnt. Bilder, die man in die Abseite verbannt hatte, werden plötzlich wieder sichtbar, spürbar, lebendig. Mit gutem Grund lässt man so manche Schublade einfach zu. Wer will seine Träume sehen, die als zerplatzte Luftballons an einer Wäscheleine hängen? Warum hängt man sie überhaupt auf? Zum Trocknen wohl nicht.

Ein Astra bitte. Ich lächle den süßen Menschen hinter dem Tresen an, er gibt mir mein Astra, ein Lächeln dazu und eine Schale aus Pappe mit Sternen und Schneeflocken und Kindern darauf. Ist ja Weihnachten. „Bitteschön", sagt er. Hier gibt's so was noch. Kekse umsonst zum Bier oder Chai Latte. Wobei die Kekse schlechter wegkommen, wenn sie sich im Mund mit dem Astra vermischen. Das hat kein Spekulatius verdient. Gleichwohl Pfeffernüsse, vorzugsweise mit Schokoladenboden und rosa Zuckergusshaube, sollte man zu Weihnachtstee trinken, oder in der Schanze auch gern zu Yogi- oder Orienttee. Wir setzen uns auf die noch freien Plätze, ich auf ein Sofa neben einen wild gestikulierenden Rastaman, der Spekulatiusbruch zu seinem Rotwein gewählt hat. Das kann man ja machen. Maria setzt sich auf einen Hocker neben mich. Prost, auf Hamburg, du Exilhamburgerin, lacht sie. Ich lache nicht. Der Rastaman neben uns ist Madhubuti aus Uganda. Auf dem Bau habe er gelernt, Häuser könne er bauen. Ob er nun wirklich Häuser bauen kann? Gut. Aber er habe immer das Gefühl gehabt, abgelenkt zu sein vom eigentlichen

Leben. Nun müsse er keinem mehr etwas erklären, Rechenschaften ablegen. „Und als Musiker lernt man so viele Menschen kennen, man macht sie glücklich." Madhubuti ist auch sehr glücklich gerade, seine Augen strahlen mich an. „Kommt doch im Januar zum Kampnagel, da mach ich ein bisschen Musik. Drama der Distanzen. Geht vier Tage, ich bin gleich am ersten Tag da." Madhubuti ist eine One-Man-Band, erfahren wir, Percussions und Didgeridoo. „Den Leuten gefällt das", lacht er und stopft zwei Kekse gleichzeitig in den Mund. Ich ertappe mich dabei, mich über seine strahlend weißen Zähne zu wundern. Da ist es, mein Spießer-Ich. Geht ein Straßenmusiker denn zum Zahnarzt, zahlt er Praxisgebühr, hat er seine DAK-Karte in seinem Portemonnaie? Er erzählt von seinen Reisen, den Menschen, die er getroffen hat, und lacht dabei schallend und ansteckend. „In Amsterdam sind die Leute cool, natürlich. Man kommt auch so zwanglos ins Gespräch wie hier, (Wo, hier, frage ich mich, Schanzenviertel, Hamburg, Deutschland, oder hier, im Haus 73, mit so lässigen Leuten wie unsereins?) die Menschen sind offen. Aber nicht das ganze Land ist so, Amsterdam ist da nicht repräsentativ für die Niederlande." Ich nicke. Wir erfahren, dass man viel über Toleranz und das Denken in der Gesellschaft lernt, wenn man so viel herumreist wie Madhubuti. An vielen Orten ist Straßenkunst nämlich nicht so sehr willkommen. Neulich in Paris, erzählt er, musste er nach genau 30 Minuten wieder aufhören. „Habt ihr noch Lust auf einen Chai? Ich lade euch ein, meine Bude ist gleich hier um die Ecke." Maria trinkt ihr Restbier demonstrativ auf ex und deutet mir gegenüber mit großen bittenden Augen ein Kopfschütteln an. „Wir müssen dann mal weiter."

Draußen vor der Tür schütten wir uns erst einmal aus vor Lachen. Was hatte der denn eingeworfen? Madhubuti, unglaublich. Aber er macht sein Ding, oder? Meine Freundin lächelt mich an. Ich muss ihr nicht erklären, dass ich nicht als Straßenmusiker durch die Welt tingeln will, aber wissend, was in mir vorgeht, legt sie den Arm um mich. In meinem Kopf ertönt die schnoddrige Stimme Lindenbergs. „Und heute wohnst du irgendwo, und dein Cello steht im Keller. Komm, pack das Ding doch noch mal aus und spiel so schön wie früher."

Die Bestie

Sie kommen mal von unten, sie kommen mal von oben. Gefühlsstürme, denen immer mächtiger werdende Sehnsuchtswellen entwachsen, die alle geordneten Strukturen überfluten. Innere Diktatoren. Sie wollen alleine herrschen, drehen alles um, schleichen sich in dich hinein. So ein starkes Begehren gewinnt gegen alle Vernunft, verdrängt jeden Gedanken ins Vergessen. Ich hatte sie nicht vermisst, sie und ihre Zerstörungswut. Hatte mich sauber gefühlt, wie eine Jungfrau, wie ein Mädchen, süß und unendlich liebenswert. Ehrlich, aufgeräumt und berechenbar, im besten Sinne, weil man mir vertrauen konnte. So sah er mich und so sieht er mich noch heute, unfähig zu ahnen, dass sie wieder zu mir zurückkehren würde. Voller Liebe sind seine Berührungen. Er hat meine Wunden gepflegt und uns beide, mich und sie, die Verdammte, erstarken lassen. Diese Bestie, diese verdammte Gier. Sie ist so sehr Feind und doch gibt es diese Momente. Dann genieße ich, wie sie in mir wächst und ihre Stimme immer lauter wird. Lust ist ein reißender Fluss, ich selbst trete die Dämme ein, will sie in jeden Winkel meines Körpers strömen spüren, nackt sein.

Eine unmögliche Liebe, eine Sehnsucht, die kaum Platz finden kann in ihrer Entfaltung. Wenn wir uns sehen, der andere und ich, haben wir unsere Verpflichtungen, wir tun, liefern ab, was gefordert ist, während wir in Gedanken über Traumfelder gehen, in Gärten mit verbotenen Früchten. Er ist sehr gewissenhaft, unendlich sicher, er weiß genau, was er tut, und das macht mich so an, so sehr, ich zerspringe, löse mich auf in Gedankenfetzen. Wilde Filme laufen in mir ab, ich will ihn, und dieser kleine Moment der Nähe, der uns bleibt bis zum Wiedersehen, hebt mich hinüber bis zum nächsten Moment. Nur er zählt, er und ich, einander nah und ineinander verschlungen, wenn auch nur in unseren Köpfen. Sein Blick. Bleibt in mir. Bleibt und bleibt. Alles verschwimmt, und wenn er, der Liebende, der Schatz, mich liebt, sehe ich nur ihn, den anderen.

Die Bestie II

Der silbergraue Bus schob sich langsam durch den dichten Nebel, der wie ein Vorhang über dem Schnee hing. Als ich die vereiste Frontscheibe sah, hinter der ich ihn vermutete, musste ich unwillkürlich an Geburt denken. Er kam wie immer von einer mir unbekannten Welt in meine. Die Fische fingen wieder an zu schwimmen und durch die Lüfte zu springen, die Vögel sangen und zwitscherten, meine Morde waren nicht gut genug gewesen. Es fing an. Wieder.

„Es ist Weihnachten. Was tust du hier, bist du im Dienst?" Ich versuchte, meine freudige Erregung zu verbergen. „Ich wollte dich sehen, muss etwas fragen, dir was sagen, so vieles wissen." – „Das ist ja ganz schön viel." – „Aber es ist ja Weihnachten", hörten wir uns beide sagen.

„Du weißt, was ich will." Weiß ich das also, dachte ich. „Es gibt Dinge, die man beeinflussen kann und andere, die man eben nicht im Griff hat", belehrte ich ihn und ärgerte mich, dass mir nichts Klügeres einfiel. Fragender Blick. Ich legte nach. „Der Tanz der Moleküle. Den hat man nicht im Griff, sollte man auch nicht versuchen. Es ist wie mit der Musik in der Nacht, irgendwann wird sie leiser, rückt immer weiter ins hintere Bewusstsein und irgendwann hören wir sie nicht mehr, wir schlafen ein." – „Ich will aber nicht schlafen." Dass er mich verstanden hatte, erschreckte und überraschte mich nicht. Ich dachte an Rilke: „… denn alles, was uns anrührt, dich und mich, nimmt uns zusammen, wie ein Bogenstrich, der aus zwei Saiten eine Stimme zieht …" Wir waren diese eine Stimme. Ein Gedanke, eine Sehnsucht. „Du hast doch zugehört, oder? Die Musik kann man nicht zerstören. Aber da ist noch die andere Sache, die Vernunft, die Macht, über unser Handeln zu bestimmen." – „Glaubst du, ich bin hierhergekommen, weil ich an die Vernunft glaube?" – „Ach Gott, und was kommt jetzt? War es vielleicht die Liebe und nichts als die Liebe, die dich hergeführt hat?" Im gleichen Moment schämte ich mich für diese Distanzlosigkeit und versuchte ihn mit der Provokation „wohl eher Geilheit" zu verschrecken. Sein Gesicht lief rot an. Wut? Scham? Seine Augen verrieten seine Unsicherheit, oder fühlte er sich ertappt? In mir flog alles wild hin und her, Gedanken, Emotionen, er war hier, warum? Es machte mir Angst, dass mich seine plötzliche Befangenheit berührte. Ja, tief sogar. Ist sie wieder da? „Fühlen wir uns denn nicht zueinander hingezogen?" – „Und warum ist das so? Rate mal", antwortete ich mit diesem neuen Versuch der Entzauberung. Ich war stolz auf mich, kurz ganz bei mir und voller Zuversicht, dass ich sie verbannen konnte. Er wartete. „Wir sind beide nicht frei, du bist Familienvater und ich habe mir mein Glück sehr lange und sehr hart erkämpft. Und diese verbotene, bittersüße Versuchung nagt jetzt an uns, versucht, uns vom Weg abzubringen. Diese Sehnsucht ist gemeinhin groß und heiß und wir halten sie für mächtiger als alles andere. Aber sie will nur gewinnen." – „Wer ist SIE? Du redest von ihr wie von einem Wesen." – „Die Bestie." – „Und wo ist sie jetzt?", fragt er, zitternd ob der Vorahnung dessen, was folgen sollte. „In uns beiden." – „Und warum schickst du sie nicht fort?" Er erstickte meine mögliche Antwort in einem fanatischen, nie enden sollenden Kuss. Wieder Rilke. „Auf welches Instrument sind wir gespannt und welcher Spieler hat uns in der Hand. O süßes Lied." Nein. Kein Spieler, wir selbst haben einander hierher geführt, wissend, dass das Spiel nicht süß ist. Sondern bitter, scharf und alles bedrohend. Dann stürzten wir uns noch tiefer, unendlich viel tiefer hinein.

„Diese Bestie, diese verdammte Gier. Sie ist so sehr Feind und doch gibt es diese Momente. Dann genieße ich, wie sie in mir wächst und ihre Stimme immer lauter wird. Lust ist ein reißender Fluss, ich selbst trete die Dämme ein, will sie in jeden Winkel meines Körpers strömen spüren, nackt sein."

Spontan und unplugged

Neulich ergab sich eine eigenartige Situation. Dass ich mich, ohne auf diese Konfrontation vorbereitet gewesen zu sein, so revolutionär verhalten würde, hätte ich nicht zu hoffen gewagt. Ich traf auf den Mann, der mir seit Monaten nicht aus dem Kopf geht, und ich entdeckte durch diese Geschichte ganz neue, nicht besonders erfreuliche Nichttalente an mir. Gelernt habe ich wohl in den letzten 17 Jahren in der Männer-Frauen-Angelegenheit wenig, ansonsten hätte ich längst aufgehört, an diesen Wichser zu denken, immer, um mich in traurige Stimmungen zu versetzen, um mich zu inspirieren, um mich anzumachen, immer, mit ihm geht es immer. Alles. Er ist einfach ultimativ, und ich habe so wenig Zweifel, wie ich es noch nie, nie erlebt habe. Ich bin dramatisch unfähig darin, über Dinge hinwegzusehen, wenn mir jemand nicht gefällt. Fast niemand gefällt ja wirklich, zumindest nicht in jeder Situation. Aber er, er, er kann einfach alles tun, alles sagen und die dämlichsten Mützen an den heißesten Tagen tragen und so überheblich und egozentrisch und selbstverliebt grinsen, dass einem das Zurückgrinsen im Halse stecken bleiben MUSS, und das tut es auch, aber nur, weil er so schrecklich hinreißend und scharf ist, dass ich es wirklich nicht aushalte. Kurzum, ich steh auf ihn. Die Geschichte, „unsere" Geschichte ist schnell erzählt. Er war mein Arzt, ich kam in die Praxis, mein Leben änderte sich für immer, ich fasste mir ein Herz, schrieb ihn über ein bekanntes Portal online an, es lebe Web 2.0, er addete mich, es kam zum Date, zum zweiten Date, er meldete sich weniger, weniger, gar nicht mehr. Schluss. Unspektakulär. Nichts passiert. Eine Episode, wie sie sich täglich millionenfach abspielt. Eine Episode, so schnell vorbei, dass sie keine Spuren hinterlässt? Nicht für mich.

„Ich denke immer noch an dich, du Arsch, weißt du? Was wäre so schwierig daran gewesen, mir zu sagen, dass es für dich vielleicht nicht ganz so geil war wie für mich. Dass ich dich nicht umgehauen habe, dass du keine Lust mehr hast, dass ich dich langweile, oder dich dieses oder jenes an mir stört, dass es da eine andere Frau gibt, die irgendwie toller ist, oder besser passt, dass der Funke nicht übergesprungen ist, dass ich eigentlich nicht dein Typ bin, du nur temporär gelangweilt warst, und ich da ganz recht kam, du jemanden vergessen wolltest, jemanden eifersüchtig machen wolltest, du gemerkt hast, dass ich arg, sehr arg auf dich abfahre und du Schiss bekommen hast, weil du geahnt hast, dass es eng werden könnte mit mir, weil ich dir nah sein wollte und du mir nicht. Du hättest es mir sagen können, es mir sagen müssen, weil ich immer noch an dich denke, du gottverdammter Idiot."

Das habe ich gedacht. Insgeheim. Dachte natürlich nie daran, ihm das zu sagen. Gott bewahre. Und das habe ich ja auch nicht getan. Zumindest nicht so. Aber dann kam neulich. Neulich ergab sich eine eigenartige Situation. Dass ich mich, ohne auf diese Konfrontation vorbereitet gewesen zu sein, so revolutionär verhalten würde, hätte ich nicht zu hoffen gewagt. Ich kam vom Supermarkt, jeden Moment zu platzen drohende Plastiktüten in der Hand, die so schwer waren, dass ich schon nach wenigen Sekunden rote und tiefe Furchen in meinen Händen hatte, die vor sich hin schmerzten. Schon von weitem sah ich die Mütze, die darunter herausschauenden karottenblonden Haare, die sich vom Kopf um den Mützenrand herum lockten, ja, ohne Zweifel, da saß er. Und obgleich ich noch circa hundert Meter, also umgerechnet 30 Sekunden, angesichts besagter Furchen, und langsam entstehender Blasen und des daraus resultierenden Unwohlseins, das sich langsam in mir ausbreitete und mich davon abhielt, forsch voran-zuschreiten, vielleicht auch 45 Sekunden, maximal, Zeit hatte, nein, an Denken war nicht zu denken. Also mar-schierte ich mit leerem Kopf und vollen Händen der auf mich zukommenden Vollkatastrophe selbstbewusst entge-gen, schöne Sache, ich genoss das sehr, das muss ich wohl nicht extra erwähnen.

Auch das noch. Natürlich saß er nicht alleine da, coole Säue wie er haben ja 1000 Freunde, gehen jeden Abend weg, haben nie Zeit, sind nie zu erreichen, immer kurz angebunden. Daher habe ich ihn mir wohl ausgesucht. Ein Mann muss meine eigene Uncoolheit ausgleichen, meine Neurosen durch eine Riesenportion Gelassenheit auf Null setzen, wenn man uns zwei mal als ein Ganzes sieht, als Summe unserer Wesen quasi. Und wenn ich mich in mei-ner Lieblingsvideothek besser auskenne als in meinem 10 qm großen Wohnzimmer und die Jungs, wenn sie mit dem Kärtchen losziehen, um die DVD zu suchen, in dem Moment, wo sie mir den Rücken zudrehen, grinsen, aber gleichzeitig hin- und hergerissen sind zwischen Mitleid und Gerührtsein von so viel allymcbealesker autistisch anmutender Gestörtheit, denn nur dann leiht man sich so häufig Liebeskomödien aus, dann kann ich sagen, brauche ich definitiv einen Mann, der mich da rausholt. Und jetzt ging ich auf mein auserwähltes, mich verschmähendes Männlein zu und ausgerechnet dieser Sack saß neben ihm. Dass ein Sack einen Sack zum besten Freund hat, ist kein so wahnsinnig bemerkenswerter Zustand. Aber das Glück hätte ja auch mal an meiner Seite gehen können, unauffällig und unsichtbar, und mir die Hand halten können, und mir als Souffleur bessere Tipps geben können, als ich mir selbst gegeben habe, ja, das hätte es tun können. Danach hätte es ja wieder gehen können, nur diesen allzu schweren Gang hätte es mir durch seine pure Anwesenheit erleichtern können. Aber nein, dass er, sein ätzender Kumpel, neben ihm saß, und zwei Frauen, ein VIERERDATE, mir wurde schlecht, verriet mir die definitive Abwesenheit von diesem unzuverlässigen Zeitgenossen namens Glück. Vielleicht sehen sie mich ja auch gar nicht, dachte ich noch. Aber er, sein Freund, hatte mich auch längst entdeckt, im selben Moment, wo ich ihn, den Wichser, den schönen, erspähte. Straßenseite wechseln oder derlei Ausweichmanöver kamen also nicht in Frage. Und wie dämlich er grinst, dachte ich noch. Gut, ich würde es vielleicht ähnlich machen, schließlich war er anwesend, als ich mich endgültig hoffnungslos verknallte.

Wenn ich mich selbst von außen betrachtet hätte an diesem Abend, damals, ich hätte mir eine gehörige Portion Verachtung zukommen lassen. Hätte mich kaputtgelacht über eine dermaßen verkommene Selbstachtung, über so kindlich naive Verschossenheit, wie sie nur auf dem Grundschulhof erlaubt ist. Also werfe ich es ihm nicht vor, dass es ihm merklich die Gesichtszüge zerhaute, als er mich sah. Er hatte sich sicher köstlich amüsiert an dem Abend und seinem lieben Arschlochkumpel hinterher noch einmal aufs Brot geschmiert, wie groß und blinkend die Herzchen in meinen Augen waren. Falls der Idiot das nicht selbst gemerkt hat. Ein Traumdate sieht sicher anders aus. Im besten Fall sitzt man sich gegenüber, schaut sich an, wenn man miteinander redet, hört sich gegenseitig zu, fragt sich Dinge, die einen am anderen interessieren, im besten Fall ist das ALLES an dieser Person, man isst gemeinsam, lacht, funkelt sich an. Gegenseitig. Gegenüber. In die Augen. Beide. Wollen. Einander. Zusammen. So sollte ein Date sein. Nicht unser. Das war anders.

Das war so: Ausgehend von meiner Online-Attacke schrieben wir uns, zunächst alle Tage einmal, nach einigen Wochen stand ich nicht auf, ohne ein „Guten Morgen" von ihm zu lesen, ich schlief in dieser Zeit mit meinem Laptop, also nicht mit ihm, aber er war immer ganz nah bei mir, denn das war meine Verbindung zu ihm. Und ich konnte nur schlecht schlafen, wenn er mir nicht den Wunsch zugesprochen hätte, doch bitte gut zu schlafen. Dann tat ich es, mit dem wohligen Wissen, noch vor dem Start in den neuen Tag etwas von ihm zu hören. Ich war schnell süchtig. Ich wollte ihn. Endlich fingen wir an, uns zu verabreden, es kam einige Male etwas dazwischen, der viel beschäftigte Arzt mit Nebenprofession geile Sau und Arschloch hat eben viele Baustellen gleichzeitig zu beackern. Das wusste ich, aber ich war ein Teil geworden, er räumte mir Platz ein in seinem Leben, und ich wollte mehr. Einen Appetizer, der mir gut schmeckte, obwohl er offensichtlich giftig war, bekam ich dann bei unserem besagten ersten Treffen, an dem auch sein Freund (und drei weitere) teilnahmen. Appetizer deshalb, weil er mir eine Ahnung vermittelte, wie es sein könnte, mit ihm, bei ihm, neben ihm, und noch schlimmer. Mein Eindruck, leicht verpeilt, leicht an der Wirklichkeit vorbei, war, es würde berauschend sein, aufregend, er-regend, das vor allen Dingen. Die Wirklichkeit, die sich viel später als solche zu erkennen gab, war, es würde deprimierend sein, ernüchternd, selbstbewusstseinszersetzend, Selbstaufgabe erzwingend, und noch schlimmer. Er saß in seiner Stammkneipe, mit vier Kumpels. Fußball, Würfelspiel, Männer, Bier und Schnaps. Ein Männerabend. Wir waren inzwischen vom Chatten und Mailen zum Simsen übergegangen, und so kam es, dass er mich spontan dazu bestellte. Wahrscheinlich dachte er, ich wäre sicher eh unterwegs, am Freitagabend. Wahrscheinlich ging er nicht davon aus, dass ich mir den Freitagabend freihielt, in der Hoffnung, er würde sich melden. Wenn er davon ausgegangen wäre, hätte er das Interesse spontan verloren und mich eben nicht dazu bestellt. Ich gab eine erlogene War-bei-Freunden-bin-aber-schon-wieder-zu-Hause-da-ich-gestern-lang-weg-war-Geschichte vor, um meine Ehrwürdigkeit nicht zu gefährden, die ich zu dem Zeitpunkt noch geschickt aufrechterhalten hatte. Und dazu war ich spontan, klar, wollte zwar grad noch kurz auf ein Gute-Nacht-Bier zu meiner Nachbarin (die ich nebenbei bemerkt nicht mal auf der Straße als meine Nachbarin erkennen würde), aber das kann ich auch morgen, nee, warum nicht, ich komme kurz rum, bis gleich. Als selbstbewusste Frau, modern und unabhängig, unkompliziert und gleichzeitig mondän, spazierte ich los, und kam mir sehr, sehr attraktiv vor, ahnungslos, dass mich dieses

Gefühl so schnell nicht wieder ereilen würde. Ich war auf dem Weg zu dem Mann, den ich wollte, drauf und dran, ihn mir zu schnappen, kurz davor, voller Vorfreude, voller Zuversicht.

Fünf Minuten später war ich angekommen, komische Situation, das letzte Mal, als wir uns gesehen hatten, in seiner Praxis, war schon zwei Monate her. Erst seine Patientin, auf die er sich, da war ich sicher, schon im Vorfeld immer gefreut hat, von Termin zu Termin mehr, jetzt sein in höchstem Maße herbeigesehntes Date, Objekt der Begierde, die durch wochenlanges Mailen und virtuelles Kennenlernen zu einem immensen Verlangen herangewachsen war, den anderen endlich zu sehen, so ganz und richtig, zu fühlen, zu hören. So schätzte ich seine Sichtweise ein und entsprechend frohmutig stolzierte ich zugegeben gespielt selbstbewusst auf den Männerstammtisch zu. In Wahrheit hatte ich schlimmste Herzrhythmusstörungen, aber die sah man ja nicht. Der Abend fing großartig an, sowieso kann es nur großartig sein, wenn dieser göttliche Schönmensch in unmittelbarer Nähe ist, so war ich überzeugt. Wie gesagt, die von mir wahrgenommene und die echte Realität gingen nicht Hand in Hand, und nun, Monate später, weiß ich, dass es so katastrophal war, wie ein Abend in einer Kneipe, in der nicht scharf geschossen und in der keine Frauen misshandelt werden, nur sein kann. Er begrüßte mich zwar freundlich, gab mir ein Bier aus, lächelte noch das eine oder andere Mal zu mir herüber. Doch dann gab er sich ganz seiner Show hin. Kein Moment, in der er seine Tattoos, die sich über seinen römischen Festspielkörper verteilen, zeigen konnte, blieb ungenutzt. Zu meiner Qual.

Aha, und wo noch, und was bedeutet dieses Tribal? Leider musste man das eine ums andere Mal den Ärmel bis zur Schulter hochziehen, so dass der schöne Bizeps in ganzer Pracht zu sehen war. Sambuca, gerne, lieber Helmut (der Wirt), kannst ihn wie immer in meinem Mund anzünden, echte Männer haben keine Angst vor Feuer. Zu seiner One-Man-Show gehörte alles, was sich eben als Testosteron-in-Flaschen-Exemplar gehört, Muskeln spielen lassen, sich durch die verschwitzten Locken fahren, jede Runde gewinnen, oder zumindest mit einem lässigen Spruch und im Mundwinkel vor sich hin qualmender Fluppe auf eine Revanche pochen. Wenn die Kippe im Mundwinkel hängt, so dass einem der Qualm in die Augen steigt, kommt automatisch der James-Dean-Blick zum Zuge, yeah baby. Ich war abgeschrieben, keine Frage, aber sicher ein willkommener Zuschauer, und mein verknallt verpeilter Blick und das unsichere Kichern bestärkten ihn nur noch mehr in der Gewissheit, der geilste Hengst auf der Weide zu sein. Ich schmachtete, er gebärdete sich, versprach am Ende des Abends noch, den für mich unbefriedigenden Abend wiedergutmachen zu wollen, doch bei den Worten ist es geblieben.

Das zweite Date war nicht spektakulär anders, ich kann es drehen und wenden, wie ich will. Sein Jagdinstinkt ließ sehr schnell nach, nachdem ich, seine Beute, bereitwillig ins Netz ging. Dabei hätte ich mich freiwillig erlegen lassen, verdammt noch mal. Seit Monaten nun Funkstille und jetzt nur noch wenige Meter zwischen ihm und mir. Sein Freund grinste ähnlich hämisch wie an dem Abend in der Fußballkneipe. Damals hatte er ob meines Verhaltens, das auf viel Verknalltheit und wenig Abgebrühtheit im Umgang mit Männern schließen ließ, auch schon den ganzen Abend so gemein gegrinst. Echte Leidenschaft scheint ein seltenes Phänomen zu sein, heutzutage, in dieser schnellen und sich minütlich ändernden Welt, in der sich immer wieder neue Möglichkeiten ergeben und keiner weiß, was morgen ist, in der sich Frauen nehmen, was sie wollen. Da ist es schon lustig und bemerkenswert, wenn man mit großen und leuchtenden Augen jemanden anschmachtet und errötet, wenn man angesprochen wird. Welche Frau im Alter von 30 errötet bitte sehr noch, es sei denn, sie stellt mitten in einem überfüllten Kaufhaus fest, dass sie aus Versehen unten ohne aus dem Haus gegangen ist. Keine. Pardon. Ich. Ich tue das. Und kaum dass sich sein Blick auf mich richtete, begann ich bereits, die aufsteigende Hitze in mir zu spüren. ER saß mit dem Rücken zu mir. „Mensch, schau mal, wen wir da haben", feixte er und schon drehte sich auch der Bemützte um. „Oh, hi", sagte dieser weit weniger freundlich, als ich es mir erhofft hatte. Ob unsicher, genervt oder überfordert, wenn ich sein Verhalten hätte deuten können, wenn ich vermeintlich undurchsichtige Menschen und deren Verhalten entschlüsseln könnte, wäre ich ja nicht die, die ich bin. Aber die, die ich bin, sagte in dem Moment auch schlicht Hallo. Der Blick des Bemützten hielt mich fest und er ließ dem Blick diesen Spruch folgen. „Na, lange nichts mehr von dir gehört." Du Arsch. Ja, okay, ich habe mich vielleicht ein- oder zweimal zu oft bei ihm gemeldet. Was ist denn eigentlich zu oft? Zu einem Zeitpunkt, als die Geschichte für jeden objektiven Beobachter längst als beendet gegolten hätte. Ja, okay, ich habe versucht, etwas zu reaktivieren, was nie wirklich aktiv war.

Aber hätte ich den Mann, der mich so aus den Socken gehauen hat, einfach mir nichts dir nichts ziehen lassen sollen? Ja, tschüss dann, du bist der tollste Mann, den ich je gesehen und kennengelernt habe, ich kriege Gänsehaut, wenn ich nur an deine Stimme denke. Ich finde dich so geil, dass es schmerzt. Mein Herzschlag setzt aus, wenn ich nur aus dem Augenwinkel jemanden in der Menschenmenge sehe, der du sein könntest. Aber macht nichts, das kommt in weiteren 30 Jahren sicher noch einmal vor, dass mich jemand so sehr beeindruckt, einfach nur, weil er so ist, wie er ist, so redet, so lächelt, so geht, wie du das tust. Egal, nichts für ungut, adieu. Nein, ich entschied mich anders. Um zu verhindern, irgendeinem fatalen Missverständnis zu unterliegen, unterbrach ich die Funkstille, die er eingeläutet hatte. Zweimal, um genau zu sein. Er wäre dran gewesen, sich zu melden, ich tat es hingegen. Als nichts zurückkam, schrieb ich ihm, wie gut ich ihn leiden könne, eine Untertreibung, die ihresgleichen suchte, und verlangte nach einer Begründung für die plötzliche Unterbrechung unserer, nun ja, Verbindung. Er antwortete kurz und knapp, eine umfangreichere und gründliche Erklärung würde in Kürze folgen, was nicht geschah. Ein weiteres Mal hakte ich nach. Also ich fand es ganz amüsant, ihn darauf aufmerksam zu machen, dass diese ausgiebige Antwort, die er mir in Aussicht gestellt hatte, wohl im virtuellen Nirgendwo verschwunden sein muss. Daraufhin kam nie wieder etwas von ihm.

Lange nichts mehr gehört, haha. Ich stalke jetzt andere Männer, du Blödmann. Ich schaute ihn an, meinen Mützengott, diesen verfluchten. Vielleicht konnte ich ja die

Antwort auf alle Fragen ganz einfach in seinen Augen finden. Die Absurdität dieses Gedankens fiel mir glücklicherweise just auf, als ich ihn zu Ende gedacht hatte, manchmal bin ich auch recht fix, oder einfach durch mein Unglück der jüngsten Vergangenheit gereift. Dann purzelten folgende Worte aus mir heraus: „Weißt du", fing ich an, „nicht dass du denkst, ich hätte dein Verhalten nicht richtig gedeutet. Dass du nicht vorhast, dein Selbstportrait als Wichsvorlage durch ein Foto von mir, deiner dir so gerne stetig zur Verfügung stehen wollenden Spielgefährtin zu ersetzen, ist mir inzwischen auch klar. Aber ich wollte es versuchen. Wirklich versuchen. Denn du hast mich umgehauen, mich völlig um den Verstand gebracht. Und ich habe drauf geschissen, auf Verhaltens- und Datingregeln, und noch schlimmer, auf meinen Instinkt. Scheiß drauf, dachte ich, denn ich wollte dich einfach so sehr, dass ich mich gerne, sehr gerne sogar zum Vollhorst gemacht habe. Weil ich einfach alles versuchen wollte, um in dein Leben zu kommen und irgendwie die Verbindung zu dir zu halten. Ich hätte noch mehr getan. Aber du wolltest es totschweigen, und das hast du geschafft. Was wäre so schwer daran gewesen, einfach zu sagen, ‚nö, Baby'. Das hätte gereicht. Na ja, vielleicht auch nicht. Falls ich dir auf den Sack gegangen bin, jedenfalls, sorry. Sieh es doch einfach als etwas anderes Kompliment. Schönen Abend euch."

Die mich verfolgenden Schritte, die ich vernahm, zeigten mir, dass meine Worte nicht gänzlich wirkungslos waren. Doch ich sah mich nicht mehr um. Da ich im Verlauf dieser Geschichte verloren zu gehen drohte, konnte ich nicht von ihm erwarten, mich zu sehen. Dies war nun kein

Triumphzug mit Pauken und Trompeten, wahrlich aber ein Schlussakkord. Spontan und unplugged.

„Gegenseitig. Gegenüber. In die Augen. Beide. Wollen. Einander.
Zusammen. So sollte ein Date sein."

Ein Männerabend

Flieg und stirb

Flieg. Na los, da vorne hab ich's hingeworfen, schau doch, mein Vögelchen. Schau, wie du fliegst, süß, so süß, ja, da hast du es. Mach mir was Schönes. Mein Vögelchen.

Da ist es, endlich. Ich hatte schon Angst, ich kriege nichts mehr. Jetzt muss ich mich aber beeilen. Dieses Mal mach ich einen noch besseren Kuchen, er wird groß und süß und lecker, du wirst ihn lieben, du musst ihn einfach lieben. Ich nehme alle guten Zutaten, die es gibt, nehme alles dazu, was du magst, etwas Süßes, etwas Scharfes, aber nicht zu viel. Nicht, dass du dann genug hast und ich nie mehr zu dir fliegen darf, um dir etwas zu bringen. Es muss genau richtig sein. Es muss einzigartig sein. Ich muss mich anstrengen, alles geben, nein, das reicht nicht, mehr noch muss ich geben.

Danke, Kleines, das ging aber schnell, hast dich wohl beeilt, was? Extra für mich, wie lieb von dir.

Es gefällt ihm, danke hat er gesagt, und dass es lieb ist. Lieb ist doch ein liebes Wort, fast wie Liebe, nur ohne e. Lieb bin ich. Hat er gesagt.

Und fliegst du noch einmal für mich und drehst dich so hübsch, ja, wie nett, das sieht so toll aus, das mag ich. Mach weiter, mach weiter.

Ist mir schlecht, diese Drehungen bekommen mir gar nicht, mein Gott, ist mir schlecht, nur einmal noch, einmal muss ich noch. Wenn er es toll findet, mach ich weiter. Ich will so, dass er mich toll findet. Denn ich finde ihn auch so toll, seine Stimme, da, da spricht er wieder, er spricht zu mir.

Beim nächsten Mal darfst du ruhig noch etwas mutiger sein, ich mag es zimtig, schön viel Zimt sollst du nehmen, machst du das für mich? Da, flieg, ich werf dir den letzten Krumen hin, hier, dann hast du es leichter. Das mach ich doch gern für dich, Vögelchen.

Hat er mein Vögelchen gesagt?

Vögelchen: „Hast du mich dein Vögelchen genannt?"

Ach, wie süß. Das kleine Vögelchen. Was will es denn jetzt? Fliegen sollst du. Na los. Flieg, Vögelchen, so ist recht.

Na gut. Ich werde mein Bestes geben. Aber dieses Mal werde ich mir Zeit lassen. Soll er mich doch mal vermissen. Vielleicht merkt er dann mal, was er an mir hat. Es wird schwer werden für mich. Ich werde ihn so vermissen. So schmerzlich. Aber ich werde mich ablenken. Ich werde den schönsten, schmackhaftesten, größten Kuchen backen, den die Welt je gesehen hat. Und ich besorge Zimt, den besten Zimt, egal wie teuer er ist. Ich fliege bis ans Ende der Welt, denn da gibt es den besten Zimt. Und während ich fliege, übe ich Singen. Er mag es, wenn ich singe, während ich fliege, also werde ich beim nächsten Mal das schönste aller Lieder trällern, während ich zu ihm fliege. Das wird er lieben. Das muss er einfach lieben.

Ach, Vögelchen, wo bist du denn gewesen? Was singst du da Komisches, du lustiges Ding? Jetzt hab ich schon so einen dicken runden Kullerbauch. Ich habe mir schon einen Zimtkuchen kommen lassen. Wo warst du denn auch, du Dummerchen? Komm, kraule meinen Bauch, er tut ein wenig weh. Ja, das ist gut, mach weiter, du Vögelchen, so ist recht.

Oh schau, da fliegt ein anderes Vögelchen, das ist ja auch hübsch, hast du die gelben Federn gesehen? Vögelchen? Oje, jetzt hab ich deinen rechten Flügel eingeklemmt, das tut mir leid. Kannst du noch fliegen? Ach, wie süß, jetzt stürzt es immer ab.

Ja, ich bin dein Vögelchen, und nichts anderes möchte ich sein. Ich backe mal süß, mal scharf und mal mit ganz viel Zimt vom Ende der Welt. Ich drehe mich und ich fliege so gut ich kann und singe dabei, wenn es dir gefällt. Aber brich mir nicht meinen rechten Flügel. Nicht meinen linken Flügel. Sonst vergifte ich, dein Vögelchen, dich, mein Geliebter, und du wirst an deiner Kotze ersticken.

„Ja, ich bin dein Vögelchen, und nichts anderes möchte ich sein. Ich backe mal süß, mal scharf und mal mit ganz viel Zimt vom Ende der Welt."

Sankt Pauli April 2010

Neulich fragte mich jemand:
„Was sagst denn du zu St. Pauli?"
Und ich gucke ihn an.
Was für 'ne Frage!
Tja, was sage ich?
Ich würd mal sagen,
nein, ich würd mal fragen:
„Quo vadis Punk?"
„Quo vadis St. Pauli?"
Abgedroschene Floskel, ja, immer das Gleiche, so abgedroschen wie das, was da jetzt passiert.
Raus aus dem Dreck, aus der Tiefe,
das ist immer das Ziel, immer gut.
Aber wir haben dich dort geliebt, St. Pauli, dort unten.
Wir waren bei dir, haben dir beigestanden, mit allem Herzblut.
Mit festgehangen, uns frei gekämpft, nie geschämt, für dich, für uns.
Da wir ja eins sind, St. Pauli.
Und jetzt?
Steigst du empor und fragst uns nicht einmal, ob wir mitwollen.
Wir, die immer da sind, auch dann, wenn du es nicht bist.
Du willst nicht? Dann lass uns mal.
Fragen, ein paar hätten wir.
Wo willst du denn noch hin?
Magst du uns nicht mehr, dein Viertel, deine Geschichte?

Und der Totenkopf, was wird aus dem Kleinen, hast du daran mal gedacht?

Ein Totenkopf in der ersten Liga, das ist ja …

Klischeee! Hallo!! Punk goes Ruhm und Ehre, geht nicht, alter Hut.

Udo ist auch immer noch Udo, aber er hat ja auch noch seinen Hut.

Und er bleibt, na ja, Udo halt, den wir so wollen, genau so.

Aber noch mehr wollen wir dich, St Pauli.

Geh nicht fort.

Das ist doch kein Leben ohne dich.

Willst du uns noch

„I got erection" singend? Ich hab eine Erektion, in der ersten Liga?

Wissen die überhaupt, was das ist? Schämst du dich etwa für uns?

Oder die Turbojugend mit ihren Jeansjacken, die nie gewaschen werden.

Bis jemand drauf kotzt oder uriniert.

Das ist die Poesie des Death Punk.

But is punk dead?

Ja. So ganz ohne Dreck stirbt er, oder?

Du bist so schick geworden, groß, poliert und Mann von Welt.

Ich versteh deine Sprache nicht mehr.

Erkenne dich kaum wieder.

Dein Clubhaus war so gemütlich.

Dunkel und stinkend.

Ich fand's schön.

Ich vermisse es.

Ich vermisse dich.

Sankt Pauli!

Und war mir auch egal, dass die doofen Bayern sich geweigert haben, bei dir zu duschen.

Ich hätte immer bei dir geduscht, immer!

Das ist halt Liebe, ja, ich liebe dich, jetzt ist es raus.

St. Pauli, sag doch auch mal was.

Schweigst still, dann sing ich für dich.

Das Herz von St. Pauli, das ist meine Heimat.

Das bleibt meine Heimat, für immer.

Und wenn du gehn musst, dann komm ich mit.

Von mir aus.

„You never walk alone."

Aber versprichst du mir eines, St. Pauli?

Bleibst du im Herzen „The Underdog"?

Der Rebell, immer auf der richtigen Seite?

Dann verspreche ich dir,

dann singe ich dir:

„We love St. Pauli. We do.

St. Pauli, we love you!!!"

„Das Herz von St. Pauli, das ist meine Heimat.
  Das bleibt meine Heimat, für immer.
  Und wenn du gehn musst, dann komm ich mit.
  Von mir aus.
  „You never walk alone."
  Aber versprichst du mir eines, St. Pauli?
  Bleibst du im Herzen „The Underdog"?
  Der Rebell, immer auf der richtigen Seite?
  Dann verspreche ich dir,
  dann singe ich dir:
  'We love St. Pauli. We do.
  St. Pauli, we love you!!!'"

Die Fenster von Sankt Pauli I

Die Fenster von Sankt Pauli II

Die Fenster von Sankt Pauli III

Die Fenster von Sankt Pauli IV

Die Fenster von Sankt Pauli V

Die Fenster von Sankt Pauli VI

Honigbär

Ich bin ein Honigbär. Ein intellektueller Abstieg. Ein sozialer Aufstieg. Sonntägliche Einladungen. Bei Oma Frieda, Schwester und Schwager mit Meute im Schlepptau (Kinder, Hunde, Bälle, Lego, Trampolin). Bei Mama zum Kaffeetrinken und Fotos gucken („Guck mal, so sah ER als Baby aus!" – „Mama, pack das weg!") Wobei es jetzt zweimal Mama gibt, dreimal Oma, einen Bruder und nun auch die Schwester mit Schwager und Bällen. Die Familie hat sich vergrößert, genauer, verdoppelt, nicht gerade ein mathematisches Wunder, denn, ich sag es ungern, weil ich diesen Satz nicht ausstehen kann und ich ihn zutiefst beängstigend finde – man ist jetzt zu zweit. Ich. Bin jetzt zu zweit. Auch die Einladungen zu gemeinsamen (zu viert, plötzlich ist alles gerade, durch zwei teilbar, die Mathematik der Liebe) Kochaktivitäten an Freitagabenden sind dramatisch gestiegen. Oder sagen wir so: Von ebenfalls liierten Menschen aus dem Freundeskreis wird man wieder öfter eingeladen. Vor allem sind die Partner der Freundinnen wieder mit dabei, jetzt geht es ja, jetzt bin ich es ja auch, zu zweit. Die Singlefreundinnen hingegen fragen deutlich seltener nach gemeinsamen Streifzügen durch die städtische Nacht. Vornehmlich an den dafür prädestinierten Samstagabenden. Von den ausschweifenden Kneipenabenden in der Schanze erfahre ich von FB, nicht mehr von den Damen höchstselbst, da wohl davon ausgegangen wird, ich wäre nun ständig indisponiert. Ein vermeintlich zweideutiges „Oje, was hab ich getan?" wird gepostet. Alles klar. Ich bin raus. Nein. Ich bin ja jetzt dabei, fast vergessen.

Angekommen in der Erwachsenenwelt. Aufgenommen in die Gesprächsrunden über die wirklich elementaren Dinge im Leben. Haus, Kind Hochzeit, äh, falsche Reihenfolge, Hochzeit, Haus, Kind. Merk es dir. Hochzeit, Haus, Kind. Jetzt wird es nicht mehr kurz angerissen und dann mit „nee, wirklich, läuft alles echt gut" auf den Punkt gebracht. Jetzt bin ich ja auch im Boot. Halleluja.

Vor kurzem sagte ich in einem dieser Gespräche mit einer guten alten Freundin – verheiratet, frischgebackene Grundstücksbesitzerin, sagt, sie „lassen es jetzt drauf ankommen" –, dass ich wirklich noch nicht weiß, ob ich heiraten will, so generell. Hätte ich in lupenreinem Russisch einige Verse Lermontovs rezitiert, sie wäre weniger verdutzt gewesen. Das wiederum spricht wirklich für mich. Dennoch. Was ist hier los? Wehre ich mich gegen etwas, gegen das ich mich nicht wehren sollte? Und empfinde ich in zwanzig Jahren noch genauso wie heute oder wünsche ich mir dann, nicht mit den Konsequenzen meiner falschen Entscheidungen von jetzt leben zu müssen? Möglicherweise bilde ich mir auch nur ein, dass die kinderlosen und ledigen Freundinnen meiner Mutter nicht diese Mit-sich-und-der-Welt-zufrieden-Gelassenheit ausstrahlen, wie es die Frauen oft tun, die als Oberglucke an Ostersonntagen ihre neunköpfige Familie mit frisch gebackenem Semmel beglücken. Was ist das für ein Gedanke, Janka?? Wo ist dein feministisches Selbst geblieben? Mein feministisches Selbst steht in jüngster Zeit auf pausbäckige Glatzköpfe in Miniaturformat.

„Du bist mein kleiner Honigbär", sagte er neulich. Was? Na ja, ich kenne niemanden, der so leidenschaftlich gerne

Honig isst wie du. Und dieses genießerische Seufzen, wenn du ein Stück vom warmen Croissant mit Honig bestrichen und dann schnell in den Mund geschoben hast, bevor der Honig wieder heruntertropft, das liebe ich einfach. Das hat noch niemand getan. Immer wieder zupft er aus dem Berg meiner Marotten eine heraus und umschwärmt sie, nimmt sie als Grund für eine Liebesbekundung. Sogar Dinge, die ich an mir gar nicht kannte oder mochte. Kürzlich habe ich dann mit etwas Missmut beobachtet, dass ich eindeutig häufiger als in früherer Zeit als Single die fast ungelesene ZEIT in die grüne Tonne werfe. Vorher nehme ich sie dann wenigstens noch ein wenig auseinander und überfliege die erste Seite auf dem Weg zum Müll. Das finde ich unglaublich. Die Zeitung lag doch in all den Jahren auf meiner rechten Bettseite, neben Notizbüchern und dem Roman, den ich gerade lese. Jetzt liegt da nur er. Der mich Honigbär Nennende. Ein intellektueller Abstieg? Eines habe ich kürzlich herausgefunden. An der Stelle zwischen seinen Ohren und seinem Nacken riecht er noch besser als ein altes Buch. Vielleicht wird es anders.

Möglicherweise bilde ich mir auch nur ein, dass die kinderlosen und ledigen Freundinnen meiner Mutter nicht diese Mit-sich-und-der-Welt-zufrieden-Gelassenheit ausstrahlen ... Wo ist dein feministisches Selbst geblieben? Mein feministisches Selbst steht in jüngster Zeit auf pausbäckige Glatzköpfe in Miniaturformat.

Schafbock

Männer, die buchstäblich den Titel „geiler Bock" verdienen, sind die eine Sache. Irgendwie erwartet man nichts anderes, man weiß um die nie abreißende, beständige Bereitschaft der vermeintlich starken Spezies, sich fortzupflanzen, ihre wertvollen Gene so weit wie möglich zu streuen. Aber Frauen gestehe ich diese penetrante und offensive Ich-will-ficken-Ausstrahlung nicht zu. Dabei bin ich selbst eine Frau. Und will manchmal … . Nun denn. Aber es schreckt mich ab, turnt mich ab, nervt und empört mich. Wenn sie es wenigstens so anstellen würden wie die Männer. Denen verzeiht die Frauenwelt irgendwie doch so einiges. Immer wieder steht die teilweise sogar wissenschaftlich fundiert analysierte Ausrede „so sind Männer halt" als Verteidigung bereit. Um es auf den Punkt zu bringen: Männer legen bei ihrem Beutefang meist eine Unbeholfenheit an den Tag, die oft nicht mal den intellektuellsten Exemplaren abzusprechen ist. Das führt dazu, dass wir, die Frauen, ihnen die genannte Vergebung zukommen lassen. Bei Frauen sieht es anders aus. Findet man die ungünstige Paarung von einfacher Gesinnung und sexueller Bereitschaft beim weiblichen Geschlecht vor, ist der Stempel „Flittchen" schon aufgedrückt. Doch kommen wir zu der Dame, auf die ich eigentlich hinauswill. Das gewiefte, clevere und raffinierte Miststück. Ist das umgarnte Objekt der Begierde nur Mittel zum Zweck, sei es aus karrieristischen oder finanziellen Gründen – man findet diese Konstellation oft und, nun gut, jedem das seine. Wer nach oben will, muss sich eben einen Weg suchen. Aber ist die Intention, das Begehren einer Frau tatsächlich rein sexueller Natur, und legt das Geschöpf keinerlei Wert auf Zurückhaltung und subtile Annäherung, weil der direkte Weg meist der schnellere ist und der schnelle ist der bessere, weil, wie gesagt, frau will, und zwar am besten lieber heute als morgen, eigentlich sofort, in dieser Sekunde, Sex, dann ist das Betragen, das aus diesem Verlangen heraus entsteht, unerträglich. Eine Frau, der man ihre Geilheit ansieht, anhört oder, nein, von anderen Sinneswahrnehmungen möchte ich an dieser Stelle wirklich nicht sprechen, stößt bei mir auf Abneigung. Eigenartigerweise besonders dann, wenn es die Frau, die mit genannten Eigenschaften gesegnet ist, also Extrovertiertheit, Schamlosigkeit, Intelligenz, auf meinen Liebsten abgesehen hat. Besonders unerfreulich ist die Situation dann einzuschätzen, wenn es sich bei besagter Dame um eine attraktive Dame handelt, die mit ihren unzähligen Reizen zu geizen nicht versteht. Man zeigt, was man hat, oder besser, sie zeigt, was sie hat, und zwar: ihm. Kommen wir zurück auf die Unbeholfenheit respektive Naivität, die Männer in solchen Umständen sofort überkommt. Oder täuschen sie das alles nur vor?? In jedem Fall wird folgendes Gespräch in manch weltlichem Schlafgemach schon das ein ums andere Mal geführt worden sein. Er: „Bist du etwa eifersüchtig? Wir haben uns doch nur unterhalten." Sie: „Und es trug dabei entscheidend zum Inhalt des rein freundschaftlichen Gesprächs bei, dass sie dabei ihre total natürlichen Möpse in dein Gesicht gehalten hat?" Er: „Erstens, falls du das andeuten wolltest, die sind echt. Deine Ironie kannst du dir sparen. Und außerdem übertreibst du. Ich sag's noch mal. Wir haben uns nur unterhalten. Sie ist nett, du würdest sie mögen."

Dieser Dialog hat sicher hunderte Versionen. Und lässt nur eine schwer zuzugebende Erklärung zu. Männer sind manchmal tierische Versionen ihrer selbst. Böcke eben. Aber ein Bock ist sympathisch, ich denke sofort an friedliche Bergziegen oder Schafe auf Herden, mit bimmelnden Glocken um den Hals. Sie fressen nur Gras. Ganz im Gegensatz zu Raubkatzen übrigens.

No Olvides

Das Hennatattoo auf meinem Unterarm ist schon ganz blass. Ständig schubbert Stoff darauf herum, außerdem ist es viel zu warm für lange Ärmel. Aber die Scham. Was ist los mit mir? Ich schäme mich für meine Festivalalbernheit und Che muss drunter leiden. So blass, das ist unter seiner Würde. Er gehört konturenstark und präsent, stark muss er sein.

Und warum tanzte ich nicht mehr im Matsch, sondern versteckte unter meiner Friesennerzkapuze meine dank der Witterung schlechten Laune, die sich in verkrampften Gesichtszügen offenbarte. Müde. Und mein Rücken, man sollte seinen Rücken nicht spüren, es ist wirklich gut, ihn zu haben, aber spüren sollte man ihn nicht.

„Heute Nacht hat Che geschrien", sage ich zu meinem regelmäßigen Bettgefährten. Du warst ja nicht da, mein Lieber, aber er war es dafür. Er hat gebrüllt: ,Viva la victoria siempre!! Viva. La Victoria. Siempre.' China sei nun der Feind, diese elenden Verräter. Die USA hätten wenigstens nie so getan, als seien sie etwas anderes, als das, was sie sind. Opportunistenschweine. Aber den Kommunismus zu verraten und alle, wirklich alle, die vielleicht eine Chance gehabt hätten, zu zerstören, ihnen die Lebensgrundlagen, ihren Reichtum, ihre Bodenschätze, ihre Menschenwürde zu stehlen. ,China wird unser aller Abgrund sein. Gut, dass ich nicht mehr da bin.' So in etwa." – „Er hat gesagt, gut, dass ich nicht mehr da bin? Aber er war doch da." – „Nein, er war nicht da, er ist erschienen. Und das wusste er." –

„Che Guevara kommt zurück, in dein Schlafzimmer. So ist es. Na klar. Und wie war er so?" Ich grinste. So viel geredet hat er gar nicht, aber das mit China hätte er sicher so gesehen. Meinen Sextraum mit dem heißen Revoluzzer verschwieg ich ihm. Aber in meinem Traum war er wieder stark und seine Stimme war laut. Vielleicht darf man einfach nicht aufhören, hinzuhören. Auch wenn die Stimme weiter weg zu sein scheint. Auch dann nicht.

DER LETZTE
LINKE
STUDENT
KÄMPFT
WEITER
Lesung
25.08.2011/ 19.30 Uhr

Jetzt

Es ist viel zu kalt, um das Fenster offen zu lassen. Ich liege unter meiner Sommerdecke, meine zweite Decke liegt quer über Beinen und Füßen. Zwar liebe ich die Geschichte, dass Frauen kalte Füße haben, weil sich die Wärme in der Körpermitte sammelt, damit das Kind es warm hat, doch ich bin nicht schwanger, ich bin Single, werde wohl immer Single bleiben und habe sehr, sehr kalte Füße. Das Surren macht mich wahnsinnig, stelle ich fest. In diesem Moment erkenne ich, dass es überhaupt surrt. Es ist Ende November, draußen liegt Schnee, was macht dieser monströse (ich sehe ihn zwar nicht, aber die Intensität seiner Fluggeräusche lässt auf beachtliche Ausmaße schließen) Brummer in meinem Schlafzimmer. Entnervt stehe ich auf, mache das Licht an, laufe gekrümmt, voller Selbstmitleid und quasi kurz vor dem Erfrierungstod stehend, zum Fenster und schließe es. Dieses gottverdammte Insekt sitzt an der Wand, frech und tollkühn irgendwie. Es ist tatsächlich riesig und hat ja echt ein beschissenes Timing. Ich bin kein Zoologe oder Insektenfachmensch, keine Ahnung, was dieses Tier jetzt eigentlich zu tun hätte. Ob es sich irgendwo einbuddeln und winterschlafen könnte oder seine Kumpanen möglicherweise auf dem Weg in den Süden sind und es nur den Abflug verpasst hat, weil es der Meinung war, es müsste in meinem Schlafzimmer noch irgendwas erledigen? Nein, mit diesen lächerlichen Flügeln und diesem unsportlichen Rumpf käme es eh nicht weit. Das weiß es, daher ist es ja auch hier. Konnte ja nicht wissen, wie kalt es hier ist. Nirgendwo ist es so kalt wie hier, in meinem Schlafzimmer. Schlechtes Timing kann manchmal tödlich sein. Nicht unbedingt immer im wörtlichen Sinne, also lebensbeendend. Eher liebesbeendend.

Ich denke an Amsterdam. Er rief mich an. Wie so oft. Ob ich am Wochenende mit ihm nach Amsterdam wolle. Es war Freitagnachmittag. „Morgen früh geht's los", sagte er. „Komm zu mir." Auf der Fahrt zeigte er mir wieder unzählige Songs, die ich bis dahin nicht kannte. Wir redeten ununterbrochen, lachten viel. Kurz bevor wir ankamen, lief ein albernes holländisches Volkslied im Radio, die Melodie war eingängig, der Text einfach, wir sangen die letzten Refrains laut mit und schütteten uns aus vor Lachen. An die Melodie kann ich mich noch erinnern. Abends suchten wir einen gemütlichen Coffee-Shop auf, Che Guevara guckte ernst wie immer von der Wand, die Farben der Bar waren warm, die Luft stickig. Wir teilten uns einen Joint, die Wirkung war viel krasser als sonst, schnell raus an die Luft. Wir liefen durch die Gassen, torkelten, unser Wortschatz reduzierte sich auf „krass", „oje", „oh Gott, bin ich breit". Auch die Erinnerung ist verschwommen, wir konnten nicht mehr weiter, feiern, man änderte den Plan, wir schlugen den Rückweg zum Hotel an. Wir schliefen miteinander, vielleicht einmal, vielleicht zweimal, ich weiß es nicht mehr. Danach erging es mir immer komisch. Ich wendete mich ab, konnte seine Zärtlichkeiten nicht mehr ertragen. Ich strafte ihn ab. Dafür, dass ich meine Beziehung verloren hatte? Ich war es doch, die zu ihm fuhr. Immer und immer wieder.

Unsere erste gemeinsame Nacht, ein Sommer zuvor. Es war sehr warm, schwül beinahe, wir grillten und gingen dann zum Bahnhof. „Hundertwasser, das ist unsere Touristenattraktion, die einzige, aber viele kommen deshalb hierher", sagte er, ja, ist schön. Ich war aufgeregt. Es lag etwas in der Luft, ich fühlte es. Ein wunderbares, aufregendes Gefühl. Auf zum Weinfest und wenn ich nicht mehr fahren kann, mal sehn, dachte ich wohl. Wir tranken Chardonnay, viel davon, saßen an großen Tafeln auf Bierbänken, spielten ein Paar, immer dachten wir uns Geschichten aus. Im Zug hierher hätten wir uns erst kennengelernt und sofort verliebt, jetzt seien wir eben zusammen hier und gehen ab sofort ganz bestimmt auch weiter gemeinsam. Wir liefen betrunken durch den Ort, kletterten über den Zaun des Freibades und zogen uns aus. Es war so selbstverständlich, obwohl noch nie etwas zwischen uns passiert war. Wir strampelten nackt im Wasser umher, es war anstrengend, auf der Stelle im Wasser zu hängen, ohne unterzugehen. Wir keuchten, hielten uns aneinander fest, küssten uns, retteten uns zum Rand und küssten uns wieder. Wir stiegen aus dem Wasser, lachten, küssten uns. Ab ins Taxi, schnell nach Hause, wir knutschten herum wie Teenager, ließen uns frühzeitig absetzen, um noch einige Feldwege entlangzulaufen, kopflos, sinnlos, immer wieder küssend. Wir erreichten endlich seine Haustür, fummelten uns aus den nassen Sachen, liefen eilig ins Bett, wie Ertrinkende bloß schnell zur Wasserquelle, wärmten unsere Körper aneinander, küssten und küssten. Am nächsten Morgen sagte er mir, er sei in mich verliebt, schon lange, das wisse ich ja wohl. Eines Abends, das Jahr war schon etwas fortgeschritten, fuhr ich zu ihm, parkte wie immer auf meinem Parkplatz auf seinem Hof links neben der alten Scheune. Ich stieg aus und mein Blick fiel auf die beiden Sektgläser auf dem Querbalken außen an der Scheunenwand. Er kam oft schon raus, wenn er mein Auto sah oder hörte, lief mir entgegen, so auch an diesem Herbstabend. „Sind das immer noch die Gläser von dem Abend am See, das ist doch Monate her?" – „Ja", sagte er. Ich wusste, was er nicht sagen wollte und er wusste, dass ich es wusste.

Ich beeile mich, wieder ins Bett zu kommen und plötzlich fällt mir Werner ein, die männliche Stimme meines Navigationssystems. „Bitte wenden Sie." Und am besten gleich morgen, denke ich. Großartige Idee.

Verhangen

Du hast mich dumm gemacht, du hast mich stumpf gemacht, vollkommen

Vollkommen durch, durchgeknallt, verknallt, verschossen, eingeschossen, auf dich, wie, was oder wo du bist

Wo du bist, weiß ich nicht, aber ich will auch da sein. Deshalb suche ich dich, die ganze Zeit

Die ganze Zeit ist gar nichts, gar nichts wert, ohne dich

Ohne dich ist es so, so unbeschreiblich grau, verhangen, dunkel, kalt, scheiße, einfach nur

Einfach nur du

Aber es geht nicht, also suche ich dich in anderen

Anderen Dingen kann ich nichts mehr abgewinnen, keine Lust

Lust verbinde ich nur mit dir, mit dir will ich lachen, im Regen laufen, ficken

Ficken tue ich nicht mehr, es ist krank

Krank bin ich ohne dich

Ohne dich ist es so, so unbeschreiblich grau, verhangen, dunkel, kalt, scheiße, einfach nur

Einfach nur du

Aber du willst nicht oder weißt es nicht oder weißt gar nicht, was ich tue oder was du

Was du wohl machst ohne mich, wie soll das gehen, kann es noch berauschender sein als mit uns, zwischen uns, weißt du noch das endlose, nie aufhörende Spiel zwischen uns? Wir haben Salsa getanzt, sind Riesenrad gefahren, erinnerst du die Nächte? Die Nächte, die unendlich waren

Waren das wir oder etwas Anderes, Höheres, haben wir das jetzt verloren?

Verloren bin ich, wenn das so weitergeht, dieser Wahnsinn hier, dieses Gerenne, Geschreie, Flennen

Flennen tue ich nicht mehr, nie mehr, ich bin schon ganz auf, durstig, zerrissen, verschlissen, beschissen

Beschissen, so unglaublich beschissen. Geht es mir gut, leb ich so dahin

So dahin, geht das so weiter bis zum Schluss?

Bis zum Schluss ohne dich, unseren Wahnsinn, unsere Freude, unser Chaos, unser Trost, den wir uns geben konnten, den ich dir und nur du mir geben kannst. Jetzt ist da nichts, kein du, kein Trost, keine Brust, auf der ich liegen kann, keine Wärme, keine Hand, keine Stimme, die mich beruhigt, nur dieses Loch, in das ich nun immer wieder falle, ohne dich

Ohne dich ist es so, so unbeschreiblich grau, verhangen, dunkel, kalt, scheiße, einfach nur

Einfach nur du

„Was du wohl machst ohne mich, … Wir haben Salsa getanzt, sind Riesenrad gefahren, erinnerst du die Nächte? Die Nächte, die unendlich waren"

Herbstfragen

Es riecht nach Spätsommer, die Abendsonne taucht die Bäume schon in dieses Licht, das die Leichtigkeit des Sommers verloren hat. Es ist dunkelorange und schwerer und dringt tiefer als das Sommerlicht, das nur umhüllt und auch tragen kann. Herbstlicht kann nicht tragen, beflügelt nicht, vielmehr verlangt es einem mehr ab, hindurchzugehen. Aber es bietet auch etwas dar, nach dem schon im frühen Jahr eine Sehnsucht entsteht. Es ist wie immer mit der Schwere, der Dramatik. Aber mir ist danach, mehr nach Herbst als nach Sommer. Lieber dunkelorange als pink. Lieber ein tiefroter Shiraz statt Weißweinschorle oder gar Aperol Sprizz.

Fünfzehn Minuten noch. Ich gehe einen Umweg, einmal noch der Allee entlang, jede Linde weiß genau, was hier gerade los ist. Vielleicht wirft mir eine von ihnen einen ihrer Zweige vor die Füße. Ich falle und alles ist vorbei. Oder fängt neu an. Jetzt ist alles vorbei. Oder fängt es an? Wenn ich hingehe oder wenn ich nicht hingehe. Das hätte ich besser früher überlegen sollen. Ankommen, um dann festzustellen, dass man sich besser nicht hätte auf den Weg machen sollen? Eine schauderhafte Vorstellung in diesem Fall. Muss man sich dann eingestehen, dass der ganze Weg umsonst war? Aber jeder Tag, jede Tat, jede Entscheidung hat mich doch erst dahin gebracht, wo ich jetzt bin. Umsonst war es somit ja nicht. Jedes Glied der Kette ist doch wichtig. Und wenn ich nun nur ein einziges Mal falsch abgebogen bin, heißt das, das ich jetzt auf dem falschen

Weg bin? Wie oft darf man das und wann bemerkt man seinen Fehler? Ich bin nun seit längerem auf einer Straße unterwegs, die ruhig ist und beständig. Sie macht keine spektakulären Kurven und der Zustand des Asphalts ist gut. Es gibt keine tückischen Schlaglöcher, keine Überraschungen. Manchmal, wenn es regnet, ist sie natürlich etwas glatt, dann muss man das Tempo zügeln. Dafür kann man sich nach einer kalten Zeit die Füße am warmen Asphalt wärmen, wenn die Sonne scheint. Alles in allem, ja. Es ist eine gute Straße, viel besser als viele andere. Sie führt an schönen Landschaften vorbei, oft wiederholen sie sich. Gleichwohl sind sie immer wieder eine Augenweide, auch wenn man manchmal denkt, das hast du ja schon einmal gesehen. Man erkennt die Schönheit ja noch. Es geht nie wirklich bergauf, zumindest nicht so sehr, dass man es nicht schafft. Manchmal ist es vielleicht etwas beschwerlicher, dann tun die Füße weh und man möchte lieber mal kurz woanders sein, nur für einen Moment. Aber dann geht es auch wieder abwärts, die Füße laufen wie von allein, und man kennt ja auch den Weg besser als alles andere. Daher geht es manchmal sehr leicht, ihn zu gehen. Und jetzt? Warum kann es nicht so weitergehen wie bisher? Dass die Straße mein ständiger Untergrund ist, meine Festung, mein Zuhause. Reicht es nicht, dass ich auf ihr unterwegs bin und weit gekommen bin?

Sinister and troubling

„Daher begebe ich mich nun in den ewigen Schlaf, diesen Zustand male ich mir als den einzig erträglichen aus." Immer weiter feile ich an den Worten, bis ich erschrocken feststelle, was ich da tue. Wir, also die Summe der Köpfe, die das Ich ergeben, wir schießen übers Ziel hinaus. Wenn ich mir die Worte für den Brief zurechtlege, den ich vor meinem Abgang für die Nachwelt hinterlassen will, oder meinen Zigarettenkonsum auf ein derart provozierendes Maß steigere, nur damit mich jede Person, dir mir über den Weg läuft, fragt, warum ich so viel rauchen würde, nur damit ich dann gespielt gleichgültig und mit finsterer Miene antworten kann, „damit es schneller geht", dann bin ich todsicher sehr, sehr mies drauf.

Menschen, die gleichermaßen griesgrämig daherkommen, nerven mich, weil ich mich frage, welches Kreuz die wohl schon zu tragen haben, sicher nicht das schwerste, denn das lastet schon auf meinem schmerzenden Rücken. Meine Schuhe, triefend vom Morgentau, laufen durch die morgendliche Nebellandschaft, grau in grau und eins mit der Welt, im Jetzt. Doch die Menschen. Die Menschen, die Frohsinn versprühen, kotzen mich an, weil ich mich frage, ob diese Geschöpfe irgendwas eingeworfen oder nicht mitgeschnitten haben. Wie kann man nur nicht genervt sein, von dieser ganzen Scheiße hier? Null Verständnis kann ich dafür aufbringen. Null. Es ist Frühlingsanfang. Worte wie Heiterkeit und Osterglocken bestimmen die Schlagzeilen der Gegenwart, und das macht es nicht besser. Allein phonetisch ist das Wort Heiterkeit eine Zumutung, dieses doppelte ei, ei ei ei. Ätzend.

Zappenduster. Zapfenstreich. Das sind die Wörter der Stunde. Ist ein hübscher Buchstabe, das Z. Der letzte, und alles Gute kommt eben am Schluss, am Ende. Da sind wir nämlich. Blickt ihr das denn nicht? Dass wir uns in einem Tunnel befinden, in dem nur noch ein schwaches, künstliches Licht flackert. Und dass da eben kein Licht ist am Ende dieses Tunnels. Metaphorischer Schwachsinn. Eine Lüge schlichtweg, denn zappenduster ist es da, sonst gibt es nichts zu erwarten, habt ihr das gehört? Euch wird das Grinsen schon noch vergehen. Denn ich bin todsicher sehr, sehr mies drauf.

„Meine Schuhe, triefend vom Morgentau, laufen durch die morgendliche Nebellandschaft, grau in grau und eins mit der Welt, im Jetzt."

Rattentanz

In den Wintermonaten wird in den frühen Morgenstunden ein Bild lebendig, das ich gleichsam liebe und hasse. Das Viehzeug will mit Heu und Stroh und Hafer versorgt werden, es ist schon fast sechs Uhr. Mond und Sterne stehen am rabenschwarzen Himmel, die Schneedecke überzieht Boden und Dächer. Ich nähere mich der großen Stalltür, schiebe sie auf, schleiche mich hindurch, mache das Licht noch nicht an, denn was ich nicht sehe, existiert nicht. Stelle mich mitten in den Raum, weit weg von Ecken, Wänden und Balken. „Rattenpack, Rattenpack, schwindet schnell von hier.

La la la, la la la la, la la la la la la, hey.

Rattenpack, Rattenpack, schwindet schnell von hier.

La la la, la la la la, la la la la la la", singe ich laut in der Melodie von Jingle Bells. Ich stapfe dabei kräftig abwechselnd mit dem rechten und dem linken Fuß auf den Boden und zu dem „hey" klatsche ich in die Hände. Mit diesem Rattentanz vertreibe ich meine hassgeliebten pelzigen Freunde der Nacht in ihre Ecken, in denen ich sie nicht sehen kann. Während ich fröhlich vor mich hin singe und stapfe, erhellt sich meine Stimmung immer zunehmend und ich meine es wirklich gut mit den kleinen Burschen, denke ich dabei so bei mir. Eine schaurige Geschichte aus der Zeit meiner Kindheit fällt mir dann immer ein. Es war ein langer, harter Winter und viele Ratten suchten Zuflucht im warmen Stall, in dem man sich hervorragend ins weiche, duftende Heu kuscheln und Haferreste vom Boden sammeln kann. Meinem Opa gelang es tatsächlich, eine Ratte zu fangen, oder besser, er spießte sie mehr oder minder unfreiwillig auf. Während er mit der Forke kräftig in den Rundballen aus Heu stach, sprang sie ihm, Angriff ist die beste Verteidigung, wütend und zähnefletschend entgegen. Er reagierte blitzschnell, und ehe er sich versah, hatte er das zappelnde Tier aufgespießt. Schnell kam ihm die rettende Idee. Auch die anderen Ratten müssen verschwinden, wir haben genug zu kämpfen. Er übergoss das leidende Tier mit Benzin und zündete es an. Was dann geschah, kann sich kein Mensch vorstellen, das Grauen der Grenze zwischen Leben und Tod zeigte ein recht hässliches Antlitz. Schreiend, quietschend und leidvoll fiepsend schnellte das brennende Tier über den Hof, zog seltsame Kreise in den Schnee. „Wenn die anderen Tiere das hören, verschwinden sie von hier", sagte Opa nur.

„Rattenpack, Rattenpack, schwindet schnell von hier.

La la la, la la la la, la la la la la la, hey.

Rattenpack, Rattenpack, schwinde schnell von hier.

La la la, la la la la, la la la la la la."

Hamburg I

Du machst mich auf, glücklich, todtraurig
Dein Puls
Dein Blick auf die Welt
Die Welt blickt auf dich
Du bist so schön, so wichtig, so wichtig für mich
Für mich bist du alles
Du machst mich auf, glücklich, todtraurig
Schönes, zauberhaftes, aufregendes, wütendes,
Dreckiges, lautes, wunderbares Hamburg
Bleib immer du, bleib immer so
Vergiss nicht, wo du herkommst
Vergiss nicht, wer du bist, was dich ausmacht, was dich
Schön macht
Lebenswert, liebenswert
Hamburg, meine Liebe
Meine größte, ergiebigste, tiefste, nie enden wollende Liebe

Liebe mich auch
Erfüll meine Wünsche
Beflügle meine Sinne
Inspirier mich, umarme mich
Enttäusche mich nicht
Lass mich nie in Ruhe
Ruf mich zurück
Lass mich wiederkehren
Zu dir, immer wieder
Dir gehört mein Herz, mein Schmerz, meine Freude
Meine Wut, meine Liebe

Du machst mich auf, glücklich, todtraurig
Ich gebe dir alles
Mein Hamburg, meine Stadt, mein Hafen
Meine Heimat, mein Leben
Mein schönstes Leben ist bei dir, in dir
Mit dir zusammen zu sein
Nie vergesse ich dich

Nachwehen

In dreizehn Tagen jährt sich der Tag zum ersten Mal, der Tag, an dem er sagte, dass es dann wohl besser sei, getrennte Wege zu gehen. Und natürlich bin ich, wie sagt man, „drüber weg". Gott weiß, was das bedeuten soll. Drüber weg. Natürlich.

Sonntagmorgen. Ich würde zuerst ins Bad gehen, nur das Nötigste tun, Contis rein, Haare hoch und in die schlumpfigen Klamotten, Cargohose und Kapuzenpulli und los zum Brötchen holen. Er würde derweil das Frühstück vorbereiten, die Pads in die Senseo-Maschine, das Wasser einfüllen und schon mal warmmachen, so dass er, wenn ich wieder da bin, nur noch auf den orange leuchtenden Knopf drücken muss. Der Kaffee kommt dann herausgeplätschert in die nebeneinanderstehenden Tassen, die fröhlich vor sich hin klingen und scheppern. Er würde den Tisch, da ja Sonntag ist, besonders liebevoll decken und alles auf den Tisch stellen, was unser Kühl- und Süßigkeitenschrank hergibt. Da er in den sieben Jahren auch festgestellt hat, wie perfekt Schokolade in den frühen Tag passt, würde er vor beide Teller einen Riegel Erdbeerschokolade legen, weil die am Sonntagmorgen besonders gut schmeckt. Wenn ich vom Bäcker zurückkäme, würde ich ihm die Zeitung geben und überflüssigerweise sagen, dass ich sie ihm mitgebracht habe, und er würde sagen: „Danke, Schnuff". Er würde wie jeden Sonntag seinen weißen Bademantel zum Frühstücken tragen und seine unfassbar dicken Haare würden anarchisch in alle Richtungen abstehen. Ich würde ihn dafür lieben und mein Gesicht in seinem Hals vergraben, weil er so gut riecht am Morgen. Ich würde ihn dafür lieben.

Es ist kaum vorstellbar, in wie vielen Situationen die Erinnerung einschlägt und mich übermannt. Völlig unvorbereitet wird man mit dem Schmerz konfrontiert. Niemand beobachtet mich verzückt dabei, wie ich eine Praline in der Mitte durchbeiße, um mir dann diesen wundervollen Querschnitt und die perfekte Zusammenstellung der einzelnen Schichtungen anzuschauen, bevor ich die zweite Hälfte in den Mund stecke. Wenigstens weiß ich nun überhaupt, dass ich das tue, ich selbst hätte das wohl nie bemerkt. Niemand schielt nun bei einer Liebeskomödie ab der sechzigsten Minute alle paar Sekunden zu mir herüber, weil er genau weiß, dass sich die in der letzten Stunde aufgestauten Emotionen jetzt sehr bald entladen werden. Das Happy End, das bei einer Komödie glücklicherweise genrebedingt fest einzukalkulieren ist, steht dann unmittelbar bevor. Die Spannung steigt trotzdem, und wenn sie „sich dann endlich gekriegt haben", oh Überraschung, weine ich jedes Mal wie ein Schlosshund. Er schaute mir immer fasziniert dabei zu und hat glaub ich bis zum Ende nicht begriffen, dass ich eigentlich am stärksten schluchze, wenn ich wirklich glücklich bin.

Es sind wohl die Rituale, die alleine keinen Sinn mehr machen, die am grausamsten das Gefühl vermitteln, dass man jetzt nicht mehr der eine Teil eines von aller Welt beneideten unschlagbaren Doppels ist, sondern, nun, eine Hälfte eben. Wer möchte schon ein Teil sein, ein Fragment, ein unfertiges und zerbrochenes Stück eines Ganzen? Das Gefühl, auch als Solomensch vollständig zu sein, muss man sich erst einmal wieder neu aneignen. Als hätte es

die Zeit „vorher" nicht gegeben. Als wäre man schon zu-
sammengewachsen auf die Welt gekommen.

„Es ist kaum vorstellbar, in wie vielen Situationen die Erinnerung einschlägt und mich übermannt, völlig unvorbereitet wird man mit dem Schmerz konfrontiert." ... „Das Gefühl, auch als Solomensch vollständig zu sein, muss man sich erst einmal wieder neu aneignen."

Blautöne im Schlafgemach

Auf dem pastelltürkisen Buchcover
von „Trost bei Goethe",
das Minnesänger, Männer an Harfen
und imposant behütete Damen zeigt,
sitzend in einer Gondel,
liegt eine Packung Avanti-Ultima-Kondome
in schreiendem Lila.

Eine Katze in Cagnes sur Mer

„Ich sitze hier am Fenster
Und ich schau' dir zu
Schon lange Zeit
Ich wünsch' mir
Dass du hersiehst
Mir ein Lächeln schenkst
Doch du gehst vorbei"

(aus „Samstags" von Rosenstolz)